Stolpern

Kerstin Schweiger

Kerstin Schweiger

STOLPERN

Bibliografische Information der Deutschen Nationalbibliothek:
Die Deutsche Nationalbibliothek verzeichnet diese Publikation
in der Deutschen Nationalbibliografie; detaillierte bibliografische Daten sind im Internet über http://dnb.dnb.de abrufbar.

Herstellung und Verlag:

BoD – Books on Demand, Norderstedt

ISBN: 978-3-7568-5190-4

Inhaltsverzeichnis

Stolpern – Ein Vorwort

Die Einfachheit des Seins. Einfach dahin existieren, ein bisschen machen, ein bisschen tun und ansonsten einfach sein. Mensch, das wäre doch so schön, könnten wir einfach einfach sein. Viele kenne und sehe ich, die das versuchen, doch leider ähnelt das meistens eher einem Leben mit Scheuklappen, einer schlechten Brille, lauten Kopfhörern und viel Ignoranz. Leider. Denn einfach sein, wäre einfach schön. Kein nach links schauen, kein nach rechts schauen, kein nach hinten, kein nach vorne und ganz nebenbei ein bisschen Ballastlosigkeit. Aber wär's das wirklich? Naja. Ein ganz, ganz wichtiger Punkt fehlt mir da schon. Stolpern. Wir müssen ab und an ein wenig stolpern. Nicht gleich fallen, manchmal straucheln, aber mindestens ein bisschen stolpern.

Der Duden sagt über das Stolpern: „Beim Gehen, Laufen mit dem Fuß an eine Unebenheit, ein Hindernis stoßen, dadurch den festen Halt verlieren und zu fallen drohen."

Und ich sage: Das ist doch ganz wunderbar! Zu fallen drohen heißt, immerhin, nicht gleich hinfallen. Zu fallen drohen heißt, es gibt noch die Chance, etwas zu ändern. Zu fallen drohen heißt, es muss nicht schmerzhaft werden, kann aber. Stolpern heißt, man kann daraus lernen.

Natürlich kann man, anstatt zu stolpern, auch einen großen Bogen um die nahenden Gefahren machen. Ausweichen, ein schnelles Links-rechts-Manöver,

Körpertäuschung und losrennen. Das scheint sicher erstmal der leichtere Weg, denn immerhin heißt „zu fallen drohen" auch, dass man fallen könnte. Jedoch sei angemerkt, auch das ewige Ausweichen kann eine ganz schöne Hetzerei werden. Dieses ewige Augen-offen-Halten und Hin und her Gehüpfe ist konditionell recht anspruchsvoll – und schränkt auf Dauer den eigenen Bewegungsradius ganz schön ein. Und damit die Freiheit, in dem Rahmen, in dem man sie sich selbst und selbstbestimmt geben kann.

Deshalb: keine Stolpergelegenheit auslassen! Gerne dafür auch mal einen feinen Ausfallschritt hinlegen. Und wenn es sein muss, auch mal der Länge nach hinschlagen. Im Idealfall suchen Sie sich dafür den weicheren Boden aus.

Blackout, Blackout, Blackout und der ewige Kreis der Lernresistenz

Na, auch schon Angst? Also, so richtig? So richtig Angst? Wovor? Na — der Blackout kommt! Überall steht's doch — jede zweite Meldung der BR24-App zeigt mir Möglichkeiten, wie ich mit einem Blackout umgehe. Oder, wie ich mich auf einen vorbereite. Oder, wie wahrscheinlich das wann ist, dass es einen gibt. Oder, warum das denn sein könnte. Oder, oder, oder. Aber nicht nur dort — Zeitungen und Fernsehen sind voll von den Headlines. Natürlich auch die Nachrichten – und die Politik. Und damit – NATÜRLICH, auch die Sozialen (oder asozialen) Medien. Und auch dort wird die Szenerie gern von denen genutzt, die von ein wenig Angst ganz gut profitieren können. Dazu gehören rechtsradikale Trolle, aber auch Politiker der sogenannten Mitte.

Plötzlich setzt man sich auch bei den Freien Wählern und der CSU stark dafür ein, dass erneuerbare Energien gefördert werden — zeitgleich möchte man unbedingt die Laufzeiten von AKWs und Kohlekraftwerken verlängern —, weil man eben diesen Ausbau der Erneuerbaren Energien nicht nur verschlafen, sondern mit aller Kraft gebremst hat. So kann man aktuell auf der Instagram-Seite von Hubert Aiwanger eine Auflistung lesen (okay gut, man kann sie auf Grund des bescheuerten Bildformats sehr schlecht lesen), in welcher die Bundesregierung von den Freien Wählern zu einigen Sachen aufgefordert wird: „1. Zeitnah einen realistischen und nachhaltigen Energieplan bis 2024 vorzulegen, der ohne Ideologie alle jetzt nötigen energiepolitischen Aspekte abdeckt. 2. Erneuerbare Energien sollen weiter massiv fokussiert, gleichzeitig die Bürokratie reduziert werden. Sie sind zentral für eine saubere Energiewende."

Die Punkteliste geht weiter bis Nummer neun. Für mich persönlich wird's aber auf Grund steigenden Blutdrucks schon bei Punkt zwei kritisch, deshalb endet mein Zitat hier. Liebe Freie Wähler, lieber Hubert Aiwanger, zum ersten Punkt: WER zur Hölle möchte denn gerade KEINEN funktionierenden Energieplan?? Aber woher zaubern? Und WARUM muss man beim Thema Energien IMMER vorsorglich das Wort „Ideologie" einbauen?? Hat man nicht spätestens JETZT verstanden, dass eine Abhängigkeit von Diktatoren, vom Ausland und vor allem von ENDENDEN und NICHT NACHWACHSENDEN UND KLIMASCHÄDLICHEN Energieträgern KEINE IDEOLOGIE IST? Ich persönlich halte ÜBERLEBEN nämlich NICHT für eine Ideologie!

Zum zweiten Punkt: Seid ihr Öko-Ideologen oder was? Kleiner Spaß.

Zum zweiten Punkt: Gut gestolpert! Ich glaube, ihr seid da etwas ganz Großem auf der Spur. Dranbleiben, Jungs und Mädels, forscht ruhig mal ein bisschen in die Richtung — vielleicht klappts noch, bevor wir bei fünf Grad Erderwärmung angelangt sind. Toi, toi, toi!

So viel zum kurzen Aufreger in den sozialen Medien. Jedoch, das Thema geht natürlich weiter. Die ewigen Schlagzeilen vom anstehenden Blackout — und damit möchte ich mich gar nicht darüber lustig machen, das wär's nämlich nicht - verursachen natürlich die gleiche Wirkung wie die Schlagzeilen von der Rapsöl-Knappheit, von der Nahrungsmittelknappheit während der Pandemie, von der Baustoff-Knappheit. Und, und, und. Unsere Lernkurve ist aktuell also eher eine Horizontale auf der Ziffer 0. Denn, was haben wir denn scheinbar NICHT gelernt? Es wird berichtet von einer Pandemie — all die Tipps für Lebensmittelvorräte etc. —, wozu haben die geführt? Nutzlose Lebensmittelbunkerei und leere Mehl-, Nudel-, Hefe- und Klopapierregale.

Die Berichte und Gerüchte über das Rapsöl, das es wegen der Ukraine jetzt dann nicht mehr gibt. Wozu haben die geführt? — Genau.

Das Breittreten der Baumaterialknappheit, der Lieferengpässe bei vielen Materialien — die IN TEILEN der Wahrheit natürlich entsprechen. Jedoch, wozu hat das geführt? Auch alles, was noch vorrätig war, wird von den Firmen gebunkert, die sich die Vorleistung leisten können und Platz haben. Die Welle der „Nicht-Verfügbarkeit" schwappt also der Welle der tatsächlichen Marktlage komplett hinterher und stürzt einige Firmen in tiefe Krisen.

Und was glauben wir, wozu dann Schlagwort-Berichte über drohende Blackouts führen?
Ja richtig. Wir sind da was Großem auf der Spur – nur eben wieder ein wenig zu spät.

Mahsa Amini

Mahsa Amini ist tot. Und in Zeiten, in denen Sätze fallen wie „Die Queen ist tot" oder „Weiterer Ort mit 100 geschundenen Leichen nach Rückzug russischer Truppen in der Ukraine gefunden", mag das jetzt gar niemanden so richtig interessieren. Noch dazu stammt die junge Frau, gerade 22 Jahre alt, aus dem Iran. Auch Todesnachrichten aus dieser Gegend können uns meist nicht mehr sonderlich berühren, ist mein Gefühl.

Und doch ist es umso wichtiger, dass wir über den Tod von Mahsa Amini sprechen. Die junge Frau wurde am 14. September 2022 von Einheiten der sogenannten Sittenpolizei verhaftet — angeblich, weil sie ihr Kopftuch in der Öffentlichkeit nicht korrekt getragen hat. Anstatt später wieder freigelassen zu werden, fuhr man ihren zerschundenen Körper mit dem Rettungswagen in ein Krankenhaus, wo sie zwei Tage später an den Verletzungen verstarb, die ihr die Polizisten zugefügt hatten. 22 Jahre alt, und der Gang durch eine stundenlange Hölle in Form von ultrakonservativen, fanatischen und männlichen Religionsideologen beendet dieses Leben einfach so.

Das ist die Realität — jedoch, welche Debatten führen wir hier gerade? Das Wort „Ideologen" höre ich hier nur von Hubert Aiwanger, wenn er wieder davon spricht, dass „Ideologen das Heizen mit Brennholz verbieten wollen". Von Meinungsfreiheit lese ich immer nur, wenn es darum geht, „dass unsere Kinder weiterhin Cowboy und Indianer spielen dürfen müssen

#Winnetou" (Vorsicht Scheindebattenalarm!!!). Und über allem tönt Woche für Woche das Gehetze über angebliche „Gendervorschriften" in der angeblich so wunderschönen deutschen Sprache (ja genau, hallo Herr Söder, hallo Herr Merz). Das Lieblingsthema der Union ist das Gendern, weil es denen, die seit Jahrhunderten dafür bekannt sind, tolle Gedichte, Aufsätze, Romane, Geschichten und große Literatur zu lesen und zu verfassen, den Dichtern und Denkern der Union, den Spaß an der deutschen Sprache nimmt. Oder eher, weil sich damit so toll Stimmenfang in der konservativen Blase betreiben lässt, und zwar ganz ohne irgendeinen Cent Investition in Dinge wie Bildung, Armutsbekämpfung, Klimaschutz, Naturschutz, Arbeitsplätze, Pflegenotstand oder, oder, oder zusagen zu müssen? Chapeau, Jungs, Thema gut ausgewählt!

Nun kommt hier nur leider der Haken. Das Thema ist nicht das Thema, zu dem ihr es macht. Es steckt etwas viel, viel Wichtigeres und Größeres dahinter. Und die Geschichte von Mahsa Amini kann es euch vielleicht nochmal verdeutlichen. Die Geschichte dieser jungen Frau kann euch vielleicht nochmal zeigen, worum es in dieser Debatte überhaupt geht und, dass wir vom Ziel noch verdammt, verdammt, VERDAMMT weit weg sind. Es ist nämlich nicht so, dass man einfach mal Worte etwas in die Länge strecken und mit einem Sternchen versehen will. Nein, nein. Gendern erfüllt den Zweck des Stolperns und wenn sich bei jedem Stern die Nackenhaare aufstellen und der Lesende stockt und hüpft und sich windet, dann hat es seinen Zweck fürs Erste erfüllt.

Es geht nämlich darum, dass jeder, immer und überall, daran denkt, dass sich Frauen auf einer Ebene zu Männern befinden MÜSSEN und das noch lange nicht der Fall ist. Darum, jederzeit daran zu erinnern, dass Frauen in Deutschland noch im letzten Jahrhundert zu Hause vom Mann LEGALERWEISE die Flache Hand ins Gesicht bekamen, wenn sie nicht gespurt haben, dass sie die Erlaubnis des Mannes brauchten, um ein Konto zu eröffnen. Es geht darum, daran zu erinnern, woher wir kommen und dass wir da hin AUF GAR KEINEN FALL wieder zurück dürfen. Es geht darum, dass die nächste Generation und die übernächste Generation von Mädchen und Frauen permanent daran erinnert wird, dass sie sich nicht wieder einsperren und schlagen lassen dürfen, auch wenn es nochmal einer versucht. Und die nächste und die übernächste Generation von Jungs und Männern permanent daran erinnert wird, dass sie absolut kein Recht haben, Frauen als niedriger gestellt zu betrachten UND ZU BEHANDELN.

WIR sind hier schon einen großen Schritt weiter gekommen. Und die aktuellen Debatten zeigen, welch ein Kampf das war und immer noch ist. Und gerade, wenn wir solche Geschichten wie die von Mahsa Amini hören, müssen wir noch härter und noch lauter dafür kämpfen, dass ideologische und konservative Ansichten keine, überhaupt keine Chance mehr haben dürfen, dass wir diese widerlegen und zur Minderheit werden lassen. Im Iran, in Afghanistan protestieren Frauen unter Einsatz ihres Lebens für ein kleines bisschen mehr Gleichberechtigung. Dass wir uns nicht schämen, diese Sprachdebatte überhaupt noch zu führen, mit Argumenten

wie „nicht schön" und „unnötig lang", anstatt die Sprache als weitere Chance für einen gesellschaftlichen
Wandel zu sehen.

Zu langsam?

Freudige Nachricht!
Wir haben ihn wieder einmal — den gemeinsamen Nenner! Und diesmal ist er noch viel größer, überdimensionaler, komplexer und unbesiegbarer, als er jemals zuvor war!

Na? Wer kommt drauf?
Eigentlich ist es ganz einfach. Der gemeinsame Nenner, den wir gerade erraten wollen, überbrückt diesmal wirklich alle Themen. Ukraine-Krieg, Klimawandel, Rentenproblem, Energiekrise, Gewalt gegen Geflüchtete, Zuwachs bei den Rechtsradikalen, Corona, Pflegenotstand, Politikverdrossenheit, und, und, und.

Na? Wer kommt drauf?
Wie, doch nicht so einfach?
Na klar. Supersupereinfach. Der gemeinsame Nenner, den ich meine, heißt „Reagieren statt Agieren", oder in der Langfassung: „Zu langsam gewesen und jetzt nur noch reagieren statt aktiv agieren können".
Was wie? Was heißt hier „unklar"?

Fangen wir an mit dem Pflegenotstand. Bei den Pflegeberufen hat man Wochen, Monate und Jahre damit verbracht, den Menschen zu huldigen, die diese Berufe ausüben, und ihnen Besserung zu versprechen. Mit diesen Besserungen hat man leider so lange gewartet, bis man jetzt nur noch mit der Mahnung zu Überstunden REAgieren kann.

Die Politikverdrossenheit und der damit verbundene Zuwachs bei den Rechtsradikalen. Ein Produkt des jahrelangen Nichtstuns, obwohl die Warnzeichen — u. a. die Prozentpunkte bei AfD und Co — nicht zu übersehen waren! Und jetzt? Können wir nur noch REAgieren, auf rechtsradikalen Terror, unverschämte Bundestagsanfragen, Demonstrationen mit geschwenkter Reichsflagge, bereits vernetzte Ämter und öffentliche Einrichtungen sowie Hassdrohungen im Netz und in der Realität.

Die Rechnung geht auch beim Ukraine-Krieg auf: Man hat Putin und seine Gefährlichkeit über Jahre und Jahrzehnte thematisiert, angedacht, sich abhängig gemacht, aber nichts unternommen. Stattdessen wurde gewartet, bis ER aktiv wird, und — zack — können wir nur noch auf seine Handlungen reagieren, anstatt aktiv zu agieren, um Schlimmeres zu verhindern.

Machen wir weiter mit dem Klimawandel. (Den trifft es hier fast am härtesten.) Seit Jahrzehnten wird über die Klimaerwärmung, über den menschengemachten Klimawandel und die unbedingt notwendige Reduzierung von CO_2-Emissionen gesprochen. Klimakonferenz um Klimakonferenz, Konferenzprotokoll um Konferenzprotokoll und Abkommen um Abkommen haben nichts, absolut gar nichts verändert. Im Gegenteil — wir haben in Richtung Abgrund nochmal einen Gang hoch geschaltet und richtig Vollgas gegeben! Und jetzt? Na, wer ahnt es? Können wir nur noch auf Dürren, Überschwemmungen, ausfallende Ernten und abartige Hitzewellen reagieren. Für das aktive Agieren ist es schlichtweg zu spät.

Passend zum Klimawandel und dem Ukraine-Krieg gilt selbiges natürlich für die anstehende Energiekrise. Selbstredend resultiert diese nun vorhandene HandlungsUNfähigkeit aus dem jahrelangen Gerede mit angehängtem Nichtstun, darum, dass man sich nicht von anderen Ländern abhängig machen dürfe und dass man unbedingt auf erneuerbare Energien — möglichst zuliefererunabhängig — umsteigen müsse.

Die Liste lässt sich unendlich erweitern, aber wenn man das so liest: Soooo froh ist die Botschaft dann wohl doch nicht. Da meint man kurz, es würde das Weltverständnis vereinfachen, wenn es für die aktuelle Misslage tatsächlich EINEN gemeinsamen Nenner gäbe ... Und dann stellt man fest — den kann man aber nicht mehr bekämpfen. Das ist die Krux an der Sache — verpasste Chancen, verpasstes, aktives AGIEREN bezahlt man immer mit passivem REAgieren.

Aber, vielleicht gibt es wenigstens einen Lerneffekt. Vielleicht können wir jetzt bei alldem, was wir noch nicht ganz verpasst haben, endlich bitte einfach aktiv werden?

Gendern – die Ewigkeitsdebatte

Gendern? Natürlich ist gendern furchtbar, niemand findet das sonderlich gut. In einer Leistungsgesellschaft wie der unseren die Worte und Sätze zu verlängern und damit quasi mehr Lebenszeit fürs Sprechen zu brauchen – damit ist ja schließlich kein Geld verdient. Natürlich toppt die Menschheit die Grundhässlichkeit des Genderns noch mit bunt interpretierten Aussprachvarianten. Es gibt die „Umdreher", die jetzt nur noch die weibliche Form betonen, „AnwältINNEN", dann gibt es die Aufschlüssler, die das Gegenüber für dumm halten, da wird richtig ausgeholt, „Anwälte und Anwältinnen". Und es gibt die Stopper, da kommt immer ein Atemzug plus betretenes Schweigen mitten im Wort, „Anwält ...*... innen".

Und jetzt landen wir immer bei derselben Debatte, wir treten immer wieder in das gleiche Loch im Boden.

„Ja aber, wir haben doch andere Probleme!"
Ja, stimmt.
„Ja aber, Frauen sollen doch lieber erstmal gleich viel verdienen, da ist das Gendern doch dann egal!"
Ja, stimmt.
„Ja aber, es gibt doch schon Frauenparkplätze!"
Ja stimmt.

Und da hakt es jetzt ein bisschen an der Richtung des Gesprächs. Also, ich frag mich ja schon, wenn Frauen „jetzt einfach genauso viel verdienen sollen" wie die

Männer — wieso führen wir dann diese Kämpfe und Debatten um das starke und das schwache Geschlecht eigentlich seit Beginn der Menschheitsgeschichte? Man stelle sich vor: Frauen verdienen tatsächlich NICHT plötzlich genauso viel wie Männer, nur weil man das jetzt ganz oft SAGT. Also, wenn Männer sich jetzt plötzlich hinstellen würden und sagen „Komm, wir zahlen dir das jetzt auch", dann frag ich mich, ob man die Frauen die letzten Jahrhunderte einfach für besonders dämlich gehalten hat — wenn's denn dann so einfach wäre? Schalter umgelegt, zack gleichberechtigt. Einfach nur, weil man gendern anstrengend findet? Das ist wohl eine absolut neue Dimension der Faulheit.

Aber die Realität sieht dann leider doch noch ganz anders aus. Noch ändert kein Konzernchef seine Gehaltslisten, nur weil jetzt hier und da ein bisschen „*innen" angehängt wird. Noch wird vor allem in technischen Gesprächsrunden hauptsächlich den Vorschlägen der Männer gefolgt, weil, dass „die" hier arbeitet, „dass hätte es früher auch nicht gegeben".

Und genau deshalb ist es einfach nötig, immer und immer wieder alle anzusprechen. Je schmerzhafter das gegenderte Wort, je unhandlicher der Ausdruck, desto besser. Weil's so wichtig ist, dass es beim Lesen und Hören alle einmal überschlägt, dass jeder einen Purzelbaum macht, wenn er es hört. Das setzt Hirnzellen in Gang. Erst, wenn öfter mal Chefs über die schmerzhafte Erkenntnis stolpern, dass den Job auch eine Frau machen kann (ja in diesem Jahrhundert bereits auch ohne Erlaubnis des Mannes machen DARF!). Erst, wenn kleine Mädchen von Anfang an hören, dass sie alles werden können, dass es nicht nur Chirurgen, sondern auch Chirurginnen gibt, nicht nur Schreiner, sondern auch Schreinerinnen. Und sich dann trauen können, alles zu machen, was sie wollen, ohne Widerstände und ohne sich erst aus einer Schublade herauskämpfen zu müssen. Erst dann kommen wir in die Richtung, in der nicht mehr nur gestolpert, sondern schon gedacht wird. Und denken ist ja pauschal nicht der ganz verkehrte Ansatz in solchen Dingen.

Klasse, klasse, klassifiziert.

Der Duden, als unser aller liebstes Hilfsmittel sagt: „klasse" ist ein umgangssprachliches Adjektiv und bedeutet so viel wie „großartig, hervorragend".

Er sagt auch, dass, wenn man das Wort groß schreibt, die Bedeutung wieder eine ganz andere ist. Nämlich eine „Gruppe von ... Schülern, die zu gemeinsamem Unterricht zusammengefasst sind" (nennt man umgangssprachlich auch verlorene Leidensgemeinschaft in schimmligen Gebäuden) ODER „eine Gruppe von Sportlern oder Mannschaften, die nach Alter, Gewicht oder Leistung zusammengefasst sind" ODER „eine Gruppe von Fahrzeugen, die nach bestimmten Anforderungen an den Motor u. a. zusammengefasst ist" oder, oder, oder, ...

Vorrangig assoziieren wir, vor allem die etwas zwanghaft bürokratisch veranlagten Deutschen, mit „Klasse" aber auch eine Beschreibung der Qualität und im Nachgang dazu zeigt uns das Wort eine Rangfolge, eine Klassifizierung. Wir Stufen ab, wir teilen ein, sortieren, benennen, verschieben, beurteilen und bewerten. Und zwar alles! Alles und jeden.

Mit Vorliebe unterteilen wir TIERE in verschiedene Klassen. Nämlich in die, um die wir uns sorgen, und in die, die wir ausbeuten. Das geht ganz „KLASSISCH" los bei Hund, Katze und Pferd. Es werden Stunden um Stunden der eigenen Zeit geopfert, um das arme Tier zu streicheln, die Wohnung oder den Stall dafür einzurichten und — manchmal, jedoch immer seltener — sogar um es zu erziehen! Die restlichen Stunden gehen dafür drauf, um zu arbeiten, damit man sich die nächste Tierarztrechnung und das Premiumfutter überhaupt leisten kann. Ganz nah der Natur frisst die deutsche Hauskatze vornehmlich gerne Seelachs, darf's für den Hund vielleicht ein wenig Antilope oder Elefant sein?

Das sind übrigens, auch wenn es anders klingen mag, die Tiere, um die wir uns SORGEN. Die Haustiere. Wir beuten die zwar auch aus, aber mit einer gewissen Fürsorge, die zumindest meistens dafür sorgt, dass ihnen der Überlebensstress und vor allem der größte Stress kurz vorm Ende erspart bleiben.

Wir SORGEN uns auch noch um andere Tiere — gerne seltene Wildtiere, für das ganz besondere Flair. Zuerst pflastern wir die Straßen und Wohngebiete zu, bauen quadratische Blöcke ohne jegliche Versprünge und Nischen und geben dann wieder bei anderen Bauprojekten hunderttausende Euros aus, damit die Ausführung so gestaltet werden kann, dass die seltenen Vögel ungestört nisten, brüten und schlüpfen können. Arbeitsbeschaffungsmaßnahme: next level!

Anders ist es mit den Tieren, die wir AUSBEUTEN. Dazu zählen, je nach Region, gerne Fleischlieferanten wie Rinder, Schweine, Puten und Hühner. Aber auch Eierlieferanten, Milch- und Lederlieferanten (Hühner und Kühe sind die Mehrwegflaschen unter den Tieren) oder Pelzlieferanten.

Niemand, absolut NIEMAND käme auf die Idee, die hunderttausend Euro der letzten Mauersegler-Rettungsaktion in eine artgerechte Kälberaufzucht oder zwei Jahre mehr Lebenszeit für Schweine zu investieren.

Aber horch – ein Online-Artikel vom 28. Juli 2022:

„Transportstopp: Etwa 30 Schweine bei Hitzetransport elendig noch vor Ankunft im Schlachthof verendet"

Ja wird das denn doch noch???

Oh, nein. Ich hab mich doch glatt ein bisschen verlesen. Brille nicht auf. Die Schlagzeile war ein bisschen anders …:
„Baustopp: Etwa 30 Mauersegler bei Abrissarbeiten gestorben" (Quelle: BR24)

Da haben wir mal wieder ein wenig … klassifiziert.

Was wir bei Tieren können, schaffen wir natürlich auch bei Menschen — wir sind ja keine Anfänger. Der kapitalistische „Immer-mehr"-Wohlstand sorgt dafür, dass wir einteilen in „faul" und „fleißig". Die Definition für fleißig hat sich in den letzten Jahren etwas gewandelt. Ohne Burn-out und Drittwagen ist dieses Abzeichen nicht mehr zu kriegen.

Neben faul und fleißig gibt es auch noch „gut" und „böse". Und das, ja DAS haben wir im Jahr 2022 wirklich perfektioniert. Es scheint, dass das eine oder andere Gehirn die Hitze nicht so super verträgt, denn „gut" und

„böse" wenden wir jetzt auf Geflüchtete an. Also BEI-DES. Die letzten Jahre hallte das Echo der Rechtspopulisten AUSSCHLIESSLICH mit dem Wort „böse" von den Facebook-Wänden, wenn es um Geflüchtete ging. Alle böse. Nur und überhaupt. Nun nutzen eben diese warenlosen Marktschreier auch das Wort „gut" in diesem Kontext. Und wer jetzt Hoffnung hat und denken mag: „Jawohl, mit den Rechten geht's bergauf!", den muss ich leider enttäuschen. Tiefer geht scheinbar immer.

Das Wort „gut" verwendet der gemeine Populist für innereuropäische Geflüchtete, aktuell vorrangig für Ukrainerinnen und Ukrainer. Das Wort „böse" beschreibt weiterhin den „Rest", vorrangig Menschen aus Gegenden, die südlicher liegen als der Gardasee. Dort wollen wir ja schließlich im Sommer noch hinfahren können.

Und wenn man jetzt denkt, „Mein Gott, blöd waren die schon immer, das richtet ja nichts an. Im Gegenteil, wir nutzen zumindest das ‚GUT' aus und verfahren zumindest mit den Ukrainerinnen und Ukrainern humaner, als wir es mit allen anderen seit Jahren und Jahrzehnten tun", dann muss ich sagen: So leicht geht's nicht. Das „GUT" der Populisten dient nicht dazu, dass wir wenigstens in eine Richtung leichteren Spielraum für Hilfe haben. Es dient doch eher dazu, das „BÖSE" zu bestärken, den Keil, den man innergesellschaftlich schon immer fleißig eintreibt, noch an anderer Stelle zu benutzen. Wenn es plötzlich auch „gute" Geflüchtete gibt, ja dann müssen ja die „bösen" noch böser sein, sie hatten ja offensichtlich die Chance „gut" zu sein – es ist ja möglich, sonst GÄBE es ja gar keine GUTEN!

Die Klassifizierung von Geflüchteten ist innergesellschaftlich so widerlich, man möchte sich beim Gedanken daran übergeben. Aber das hilft halt dann auch niemandem. Im Gegenteil. Die Widerlichkeit ist ja nicht damit vorbei, dass man der „deutschen Gesellschaft" erklärt, wer jetzt gut und wer jetzt böse ist. Man erklärt ja auch „den Bösen" nochmal deutlich, dass sie böse sind. Und VERklärt damit jede aufwändige, meist ehrenamtliche Arbeitsstunde, in der hart für Integration und Gleichheit geschuftet wurde.

Normalerweise würde man jetzt sagen: Wenn die das tun, dann tun wir das eben auch! Ab jetzt klassifizieren wir die Populisten! Die Rechtsradikalen! Die Hetzer und die Quertreiber!

Aber das ist halt auch ein bisschen doof. Klassifizieren kann man nur, wenn's verschiedene gibt. Bei denen … Ja bei denen sind alle gleich böse.

Go vegan?

Der Stadtmensch wird sich sicher wundern, aber viele Gastronomien im ländlichen Bereich haben immer noch kaum Gerichte ohne Fleisch (oder – HIMMEL!! VEGAN!!!) im Angebot. Nur muss ich das im Falle des Stolperns eventuell umdrehen. Worüber viele stolpern, ist, dass wir jetzt immer ein (!) Essen ohne Fleisch auf der Karte haben! Und das ist dann nicht nur Salat oder Pommes, jawohl! Sondern ein richtiges, gekochtes Gericht. Mit Linsen und so Zeug.

Die Ewigkeitsdebatte zwischen Vegetarier*innen, Veganer*innen und Fleischesser*innen. Sind wir in dieser Debatte nicht alle müde? Ich denke schon. An dieser Front schlägt man sich nicht mal mehr die Köpfe ein — so totdebattiert ist das Thema. Aber, in letzter Zeit ergänzt sich endlich noch ein Argument, welches lange Zeit nicht so laut war. Das Argument des „Wir können uns das als Menschheit einfach nicht mehr länger leisten". Und ja … was soll ich sagen. Gibt es dazu noch Gegenargumente?

Lange Zeit wurden Veganismus und Vegetarismus ausschließlich mit der Moralkeule gepredigt. Wer sich einmal mit Tierärzten unterhalten hat, die im Schlachthof unterwegs waren, wer einmal eine Kuh gesehen hat, die vor lauter Euter nicht mehr laufen kann, und wer sich bewusst ist, dass man ein Kalb als Ausschussware für sechs Euro kaufen kann (das sind 12 Mark! Oder drei Liter Diesel), dem reicht das meistens. Wer allerdings allergisch auf Moralkeulen reagiert („Die Grünen wollen uns das Schnitzel wegnehmen!!"; „Früher haben wir immer Milch getrunken und aus uns ist auch was geworden!!") für den ist das neue Argument vielleicht ein bisschen interessanter.

„Wir können uns das nicht mehr leisten" liefert in vielerlei Hinsicht ganz interessante Fakten. Denn, was genau können wir uns nicht mehr leisten? Was geht denn drauf für das tägliche Steak, den gestreckten Joghurt und den Kakao? Tierfutter, für das hektarweise Regenwald gerodet wird (nicht schlimm, Bäume produzieren Sauerstoff, den kann man eh nicht essen). Felder, auf denen man Menschennahrung anbauen könnte, worauf man aber stattdessen Tiernahrung anbaut, damit die Nahrung dann über das Tier wieder in den Menschen kommt. Tonnenweise Schlachtabfälle, die von seriösen Firmen auch gerne mal neben der offiziellen Strecke entsorgt werden, immer mehr Düngemittel, alias Gülle — welche den Böden überhaupt nicht mehr guttut, weil's einfach viel zu viel ist. Und letztendlich natürlich Arbeitskräfte, die wir oft aus dem Ausland holen, aber dafür wenigstens schlecht bezahlen. Ach verdammt, klingt doch schon wieder nach Moralkeule — sorry!

Wir geben hunderttausende Euro aus, um geschützte Vogelarten bei Bauprojekten nicht zu gefährden. Aber wenn das Schwein bei der Ankunft am Schlachthof schon dehydriert im Anhänger liegt und ein gebrochenes Bein hat — who cares? —, saftiges Schweineschnitzel, 100 Gramm heute nur 69 Cent!

Haus-Boot

Wie lange hatten wir gedacht, wir wären unkaputtbar. Unbesiegbar, nicht zu bremsen, ja nicht einmal einzudämmen! Und jetzt? Denken wir das immer noch? Sind wir immer noch nicht zu bremsen? Wohl eher legen wir derzeit die härteste Bremsung seit langer Zeit hin. Oder? Naja, zumindest auf dem Papier.

Auf dem Papier ist „der Bau" zurzeit ziemlich platt. Sehr platt. Kein Material, keine Fachkräfte, Preissteigerungen und so weiter und so weiter. Und in der Realität? In der Realität arbeiten alle mindestens genauso viel wie in den letzten Jahren. Oder sogar noch mehr? Zumindest die, die „am Papier" sitzen. Es gibt viel zu tun, nach wie vor. Nur die Art der Tätigkeit unterscheidet sich. Man ist jetzt mehr beschäftigt mit Schreiben wie „Wir melden Mehrkosten an …", „Wir weisen die Mehrkosten zurück …", „Bauzeitenverlängerung, weil…", „Mehrkosten wegen Bauzeitenverlängerung …", „Material nicht verfügbar …", „Material viel teurer als zur Angebotserstellung …" und so weiter und so weiter.

Macht uns das Spaß? Nein. Ich denke, dem Großteil macht das keinen Spaß. Es mag sein, dass der oder die eine oder andere seinen/ihren Anwalt gern mit Arbeit beschäftigt (von irgendwas muss der arme Mann ja auch leben), aber dem Großteil macht das keinen Spaß. Eigentlich würden wir doch viel lieber — ja genau — bauen! Oder?

Viel lieber würden wir endlich wieder den Plan auf der Baustelle ausbreiten, gemeinsam drüber schauen (ein bisschen auf die Architektin oder den Architekten schimpfen — ob mit Grund oder ohne, Traditionen müssen erhalten werden!), dann würden wir gern Material bestellen und loslegen! Rüttelplatte, Dämmung, Schalung, Beton. Darauf die Mauerziegel oder dem Kran dabei zuschauen, wie er die Holzwände ablädt und positioniert. Dach drauf, Fenster rein, Innenausbau, außen fertig, zack — Einzug, Schlussrechnung — alle glücklich. Das wär fein.

Stattdessen können wir uns gerade auf nichts mehr verlassen. Und zwar ALLE. Eine Architektin weiß gerade nicht mehr als eine Handwerksmeisterin, die Statikerin kann keine bessere Prognose liefern als die Fachplanerin und auch im Bereich Bauherrschaft scheint es keine sichere Aussage zur Zukunft zu geben. Im Gegenteil. Verunsicherung an allen Ecken.

Aber, vielleicht machen wir uns mal bewusst, dass wir alle im selben Boot sitzen?

Angenommen, wir möchten ein Haus bauen. Nichts Großartiges, aber auch kein Gartenhäuschen. Dann gibt es also diese eine Planerin oder diesen einen Planer, die oder der möchte für „das Haus" ein Angebot haben und denkt sich momentan schon bei der Ausschreibung: „Jetzt anfragen für nächstes Jahr? Das gibt entweder Mondpreise oder gar keine Angebote." Während die Firma die Ausschreibung sieht und sich denkt: „Jetzt schon für nächstes Jahr ausfüllen? Da muss ich entweder 30 Prozent draufschlagen oder von vornherein die Preisbindung ablehnen. Falls das rechtens ist. Oder gar nicht abgeben, aber Arbeit brauch ich ja für meine fünf Angestellten."

In das fiktive Gespräch mischt sich der Gedankengang der Bauherrin/des Bauherrn: „Jetzt die Ausgaben für nächstes Jahr planen? Da kann ich gleich mal 20 Prozent draufschlagen. Wenn mir überhaupt einer kommt. Der Zins steigt auch, rechnet sich das Gebäude überhaupt noch? Oder ich verkauf das Grundstück einfach wieder, wär sicherer." So, da sitzt man dann also, in diesem „Haus-Boot". Alle drei. Und alle drei verunsichert. Und was macht man jetzt, nach den Gesetzen der Gesellschaft? Zusammen helfen! Haha! Ja genau, das möchte man meinen. Weit gefehlt.

Streiten! Liebend gern streitet man jetzt. Die Bauherrin/der Bauherr darum, dass sie/er nicht mehr zahlen möchte, als das, womit sie/er noch vor einem Jahr (beim Start der Planungen) konfrontiert war. Die Firma, dass sie wenigstens so viel Geld haben möchte, dass das Projekt keine tiefroten Zahlen schreibt und die Angestellten ihr Gehalt kriegen. Und die Planerin/der Planer, dass er doch immer nach bestem Wissen geschätzt und kalkuliert hat, aber die Lage einfach unberechenbar ist. Das ist das eine. Parallel ärgern wir uns noch in ellenlangem Schriftverkehr darüber, dass bestimmte Materialien nicht lieferbar sind — umplanen, schnell! Dass bestimmte Sachen in dieser Größe und Form erst in zehn Wochen erhältlich sind — umplanen? Wenn ja, schnell! Und dass, ganz nebenbei, für ALLE allein die wöchentliche Jour Fix-Besprechung schon wegen der Spritpreise völlig unrentabel ist.

Kann denn noch jemand erklären, was wir hier eigentlich tun?

Immer gut vernetzt

Darauf waren wir nun wirklich nicht vorbereitet. Ich meine, wie romantisch und perfekt klingt das? Informationsaustausch immer und überall, von jedem Menschen auf der Welt zu jedem anderen Menschen auf der Welt. Kommunikation in allen Sprachen, mit Bildern und Worten, spontan und kurzfristig — ist das nicht großartig? So könnte man es sich wohl schönreden, dieses Internet. In dieser Version wäre es der Segen der Menschheit. Dank kurzfristigem Austausch würden wir niemals einen Fehler zweimal auf der Welt machen. Der positive Fortschritt — unaufhaltsam! Energiewende gelöst, Müllproblem, Hungersnöte — innerhalb kürzester Zeit im Kollektiv besiegt!

In der Realität schaut das dann leider doch ein bisschen anders aus. Vielleicht läuft das Experiment ja noch, aber eher scheint es, als wären wir da mal so dermaßen falsch abgebogen. Das Internet ist voller Gewalt und Hassreden — und ja, das auch — voller Kochrezepte.

Während unsere Gehirne oft noch auf die Geschwindigkeit von Brieftauben eingestellt sind, übermannt uns eine Internet-Welle nach der anderen. Bestes Beispiel: Die „Sylt gegen Punks"-Kampagne, welche durch einen dummen Artikel mit einer sehr dummen Schlagzeile von einer noch viel dümmeren Zeitung losgetreten wurde. Es reicht die Schlagzeile, dass die Menschen auf Sylt Angst hätten, dass mit dem 9-Euro-Ticket nun wahnsinnig viele Menschen kommen, die dieses Fleckchens Erde nicht würdig wären — das Ganze geht zwei Tage viral, und die Menschenmassen setzen sich in Bewegung. Und dabei geht es hier nicht um die Front, an der Einwohner gegen Urlauber kämpfen. Äußerst geschickt hat man hier die Front Arm gegen Reich gewählt — dort kann man mit großer Sicherheit immer irgendeinen Treffer landen.

Der Ort, der uns so weit hätte voranbringen können, ist jetzt der Ort, an dem du garantiert nichts richtig machen kannst, außer, du hältst dich raus. Und deine Fehler, die brauchst du in den sozialen Medien, die einen so gewaltigen Teil des Internets ausmachen, gar nicht selbst zu suchen. Ganz dezent wird dir von den verschiedensten Gruppen gezeigt, was du heute wieder falsch gemacht hast. Entsetzt kann man eigentlich nur sein über alle die, die sich dieses Gruppenspektakel täglich mehrmals als sogenannte Influencer geben. Eventuell braucht's dafür auch leicht masochistische Züge.

Die Gruppe der Moralkeulenschwinger hält auf all deinen Bildern und in all deinen Texten danach Ausschau, was deren Meinung nach gar nicht geht und höchst verwerflich ist. Je nach Dimension der Moralkeule kann das schon mal das Streicheln eines Kaninchens (Tierquäler!!!) oder das Trinken aus einem Papierbecher (Umweltschänder!!!) sein. Wahlweise dichtet man dir an Hand eines Bildes auch gerne weitere negative Eigenschaften an. Denn wer am Nachmittag schon mit Aperol im Café sitzt, kann eigentlich nur ein massives Alkoholproblem haben und seinen Mann verprügeln. (Wer übrigens am Nachmittag noch nicht im Café sitzt, hat ein massives Menschenproblem und vermutlich eine schwere Störung in Form einer Sozialphobie, welche ihn oder sie in absehbarerer Zeit zum Mörder/zur Mörderin macht.)

Lernt man die erzkonservativen Hater kennen, kommen einem die Moralkeulenschwinger jedoch wie kleine, hüpfende Lämmchen vor. Manchmal etwas komisch und im Weg, aber grundsätzlich ganz süß. Die erzkonservativen Hater haben ein Radar im Kopf für alles, was nicht christlich oder westlich ist, und (ganz wichtig!!) für alles, was man nicht schon seit 80 Jahren so macht. Wobei 80 Jahre aktuell in Deutschland eine wirklich saudumme Zahl beim Thema Traditionspflege ist.

Kein Fleisch auf deinem Teller? Was bist du eigentlich für ein links-grünversiffter Möchtegern-Cooler? Ein Grüße-Posting an einem jüdischen Feiertag? Was glaubst du eigentlich ...!!!??

Hosenanzug statt Ballkleid? Früher hatten die Frauen ja noch ...!!!

Buchfoto. Wir arbeiten ja alle hart und haben keine Zeit zu lesen, würde dir auch nicht schaden ...!!!

So oder so ähnlich laufen Postings ab, die in den Strudel der erzkonservativen Hater geraten.

Die erzkonservativen Hater sind zwar meistens keine direkten Menschenfresser, ernähren sich digital jedoch von einer dritten Gruppe, welche sich federleicht im Internet und den sozialen Medien bewegt. Und sie ist vermutlich die gefährlichste. Die Gruppe der uninformierten Naiven.

Gerade in Zeiten von „Corona" oder des „Ukraine-Kriegs" hängen die uninformierten Naiven wie reifes Obst an den Bäumen und müssen von den Radikalen nur noch gepflückt werden. Sie sind so viel leichter zu bekommen als all diejenigen, die mit ihrer Meinung, Überzeugung, aber auch ihrer fundierten Information mit beiden Beinen fest auf dem Boden stehen und sich auch durch wilde Theorien und Gerüchte nicht umschubsen lassen. Aus Angst, dass die ihnen erzählten Geschichten stimmen könnten, werden sie zu Mitläufern und bilden das Fundament, die große, stumme, aber unterstützende Masse, die die obere Riege der Radikalen braucht, um sich letztendlich als Mehrheit verkaufen zu können. Und das geht so furchtbar leicht, gerade im Internet.

Jeder, wirklich jeder kann ein Bild von einem blauen Fleck am Arm hochladen und einen Text darunterschreiben. Nehmen wir doch heute mal „Kind mit Impfschaden – zuerst war es nur der blaue Fleck, dann folgten Sprachstörungen – es ging aber noch schlimmer weiter!" … (Wichtig, wenn du schon gelogenen Müll verbreitest, immer schön den Spannungsbogen halten!). Das kann nun also jeder hochladen, auf ein Profil, durch das er nicht zu identifizieren ist. Und gerät das Bild in den richtigen Strudel (und dazu braucht es nur ein wenig Vernetzung der Leute, die dieselben Interessen haben), macht es einmal rumms und hunderttausende Menschen haben das gesehen. Und dann gibt's eben genau diese uninformierten Naiven, für die reicht das, weil sie vielleicht auch grad ein bisschen einen schlechten Tag haben und ein wenig frustriert sind. Und dann haben sie die Gruppe gewechselt. Von den uninformierten Naiven zu den erzkonservativen Hatern und Radikalen.

Darauf waren wir also nun wirklich, wirklich nicht vorbereitet. Die romantische Vorstellung einer weltverbessernden Einrichtung hat sich gewandelt zur Realität eines allesfressenden, unkontrollierten Monsters. Und was können wir tun? Nichts. Solange das Internet und die sozialen Medienweiterhin quasi als rechtsfreier Raum behandelt werden, solange eine Meldung eines Hasskommentares bei Facebook fast immer völlig folgenlos für den Nutzer bleibt, so lange können wir als Einzelne kaum etwas tun.

Wir haben nur eine große Möglichkeit. Wir sollten alles tun, um nicht zur Gruppe der uninformierten Naiven zu gehören. Und wir sollten alles tun, damit unsere Freunde und Liebsten auch nicht zu dieser Gruppe gehören. Kommunikation, fordernde Gespräche über das aktuelle Zeitgeschehen, über brennende Fragen, schwierige Themen und ab und an auch ein wenig Politik schaffen Diskussionen, verändern Standpunkte und verfestigen Meinungen argumentativ. Und das schafft vor allem eins: Menschen, die mit beiden Beinen fest auf dem Boden stehen und sich nicht durch einen Facebook-Post verunsichern lassen.

Glorifizierung gegen Political Correctness – gibt es einen Mittelweg?

Ob Zigeunerschnitzel, Negerkuss oder Mohrenstraße, bei all diesen Wörtern springen in meinem Kopf die Alarmglocken an. Und nicht nur bei mir, oder? Und wieso?

Tatsächlich doch nicht NUR wegen der „Political Correctness". Machen wir uns mal nicht heiliger, als wir sind. Nicht nur, weil wir die Wörter für politisch unkorrekt halten (das sind sie, ohne Zweifel), wollen wir sie nicht mehr lesen. Wir wollen sie vor allem deshalb nicht mehr lesen, weil wir die Diskussionen nicht mehr ertragen können.

Diskussionspartei eins, die Glorifizierer der Vergangenheit. Sie vertreten den Standpunkt „Jetzt erst recht", bestellen das Zigeunerschnitzel mit voller Inbrunst und boykottieren jeden Wirt, der das Gericht jetzt anders nennt. „Hat schon immer so geheißen" oder „Wir sind hier schließlich in Deutschland" sind beliebte Sätze an dieser Front. Auch etwas harmloser in Form von „Ist ja gar nicht rassistisch gemeint, das heißt halt einfach so". Dass unter den Nationalsozialisten der Ausdruck und die Zuweisung „Zigeuner" für hunderttausende einen qualvollen Tod bedeutet hat, wird meistens nur mit einem Verdrehen der Augen kommentiert. „Das ist ja schließlich schon 80 Jahre her!"

Diskussionspartei zwei, die personifizierte Political Correctness. Böse Blicke, tadelnde Worte und gerne die ein oder andere Prise Arroganz, gepaart mit unerträglich altklugem Verhalten. Vorrangig präsentiert auf Twitter. Die personifizierte Political Correctness plädiert für die Streichung ALLER belasteten Wörter, für das Umbenennen aller negativ besetzten Straßennamen und bildet sich ein, sich in JEDEN hineinfühlen zu können, der in irgendeiner Art und Weise schon einmal von Rassismus, Diskriminierung und/oder Gewalt betroffen war.

Natürlich sind wir jetzt alle moralisch korrekt unterwegs und wissen, dass den Glorifizierern der Vergangenheit nicht die Zukunft gehören darf. Denn schließlich ist ein „Das haben wir immer schon so gemacht" kein Grund, etwas weiterhin so zu tun. Ganz im Gegenteil: Wer alles aus der Vergangenheit unkritisch übernimmt, wird immer in dieser festhängen und kann keine bessere Zukunft gestalten. Aber ist es denn so einfach, wie es uns die zweite Partei verkauft?

Was machen wir denn jetzt mit all den Straßennamen, all den alten Gebäuden aus der Nazizeit, und vor allem der ganzen alten Literatur? Alles streichen, schwärzen und verbieten? Und wie weit gehen wir damit? Korrekt gesehen, streichen wir auch das Wort „Rasse", weil wir heute wissen, dass es keine menschlichen Rassen gibt? Kann man so ein Buch vor lauter geschwärzten Zeilen dann noch lesen? Und hören wir uns dann bei jeder weiteren Diskussion den Vorwurf der „Cancel Culture" an? IST das dann schon Cancel Culture, wenn jemand darüber spricht? Darf ich das dann hier überhaupt schreiben? Und reden wir von „dürfen" oder „sollen"? „Müssen" oder „können"?

Schwierig, schwierig. Am Ende ist das alles wohl doch nicht so einfach und am Ende muss es doch der Mittelweg sein und nicht das Extrem.

Zum Beginn sollten wir vielleicht einmal differenzieren. Es gibt Literatur, die neu geschrieben wird, es gibt Straßen, die neu gebaut werden und es gibt Gerichte, die neu erfunden werden. Und all diese neuen Dinge muss man nicht mehr mit Worten belasten, die andere Menschen diskriminieren und verletzen. Das ist wohl unstrittig. Dann gibt es aber all diese Dinge, die schon vor hundert Jahren erfunden, gebaut oder erstellt wurden und die haben jetzt diese Wörter im Namen.

Und jetzt drehen wir den Spieß mal um. Wenn wir eines im Laufe der Zeit gelernt haben, dann, dass Menschenmassen nur so intelligent sind, wie das schwächste Mitglied. Mit diesem Gedanken einfach mal nach links und rechts schauen. Aha, oookay. Wir sollten uns also mit der Umstellung ein wenig anpassen und laaaaangsam vorgehen. Wir könnten doch die Worte als Chance begreifen, die Menschen zum Stolpern zu bringen, um sie dann aufzuklären. Besser, als ein Wort in einem Buch zu schwärzen, ist vielleicht, genau das NICHT zu tun, aber bei jeder Gelegenheit darauf hinzuweisen, WARUM man das zu dieser Zeit dort hingeschrieben hat. Und WARUM man das heutzutage NICHT mehr tun würde, WOHIN das geführt hat und dass man SOWAS unbedingt, ganz unbedingt für die Zukunft verhindern muss. Wenn wir DAMIT schon bei den Jüngsten anfangen und auch die Ältesten nicht davon ausnehmen, können wir uns über Jahre und Jahrzehnte zu einer aufgeklärten Gesellschaft entwickeln, die stark genug ist, Diskriminierung, Rassismus und alle anderen Ungerechtigkeiten zu erkennen und GENAU DESHALB an den Wurzeln zu bekämpfen.

Und genau DAS sollte doch das Ziel dieser ganzen Diskussion sein, oder nicht?

Das Internet und seine Filter

Die „Generation Instagram" weiß sofort, worum es geht, wenn das Wort „Filter" fällt. Damit meint man nicht mehr die braunen Papiertüten (Öko-Label nicht vergessen!!), durch die man wunderbaren, leckeren Fairtrade-Bio-Kaffee laufen lässt. Nein, nein, Filter legt man über Fotos. Insbesondere über Fotos, die man auf Instagram postet. Und diese Filter, die können so einiges – hauptsächlich können sie sehr gut die Realität verzerren. Sie machen alles bunt oder schwarz/weiß oder greller oder gedämpfter oder, oder, oder. Die Filter auf Instagram sind so wichtig, dass es für Fotos OHNE Filter netterweise den Hashtag „#nofilter" gibt. Daran erkennt man dann, dass ein Foto um des Fotos Willen schon schön ist und nicht extra aufgehübscht wurde. Wer's glaubt.

Leider stelle ich fest, dass wir uns damit aber mit den völlig falschen Filtern abgeben. Viel, viel wichtiger ist gerade, was uns Instagram und die anderen (hauptsächlich Social-Media-)Kanäle UNGEFILTERT um die Ohren hauen und was das anrichtet.

Bei der kleinen digitalen Daumenreise durch den eigenen Feed erhält der Besitzer eines Social-Media Accounts aktuell drei wesentliche Grundinformationen:

Erstens: Wir werden im Winter alle (umgehend und sofort, mit Eintritt des Datums des Winteranfanges!) erfrieren.

Zweitens: Wir werden alle verhungern (in einem ähnlichen Zeitraum).

Drittens: Wir werden alle verarmen, weil das Geld nichts mehr wert ist.

Und es ist jetzt nicht so, dass man diese sogenannte Information nur bekommt, wenn man Elite-Bildungskanäle wie die der Bild„zeitung" abonniert hat. Diese Schlagzeilen schlagen von allen Seiten ein — über Algorithmen (panic sales, darling), über Likes von Freunden von Freunden, über Werbung, Sponsoring, und, und, und.

Und diese kurzgefassten Schlagzeilen, diese Aussagen ohne Hintergrundinfos, ohne weitläufige Erklärung und ohne die nötige Sachlichkeit sind vor allem eines: wahnsinnig gefährlich.

Da bringt zum Beispiel diese Woche ein gewisser Hubert Aiwanger einen Instagram-Post mit folgendem Wortlaut (Achtung, Zitat): *„Den Rohstoff und Energieträger #Holz gezielt nutzen, anstatt Wälder stillzulegen und aufs Frieren zu warten! Schluss mit der Debatte von Ideologen, Holzöfen verbieten zu wollen! Ein Ster Holz ersetzt 150 Liter Heizöl oder 150 Kubikmeter Erdgas!! Vielleicht sind Diejenigen, die Heizen mit Holz verbieten wollen, noch einmal froh, bei jemandem warm duschen zu dürfen, der mit Holz heizt. #gesunderMenschenverstand (siehe Appell Waldbesitzer und Forstunternehmer an Politik. Unterstütze ich.!)"*

Völlig UNGEFILTERT erhalten wir also folgende „Informationen":

- Es gibt wohl eine allgemeine Ideologie (Ist es eine Sekte, eine Kirche, muss man dort Steuern zahlen oder wird das Opfer in Form eines frischgepflanzten Bonsai-Bäumchens gebracht?), welche Holzöfen augenblicklich verbieten will.
- Wenn man nicht mehr mit Holz heizt, werden Wälder stillgelegt. (Wie muss ich mir das vorstellen? Fallen die Bäume um, schlafen und wachsen nicht mehr, bis jemand einen Holzofen anmacht?)
- Scheinbar wartet man darauf, zu frieren??
- Alle, die nicht mit Holz heizen, duschen sehr bald (Zeitgefühl ist ja, Gott sei Dank, relativ) kalt.
- Nur wer mit Holz heizt, bedient sich des gesunden Menschenverstandes.

So, jawohl. Diese Information wird UNGEFILTERT an die Menschheit gegeben und das aus einer reichweitestarken Politikerposition heraus. (Was übrigens nicht in diesem Text zu finden ist, ist, dass Herr Aiwanger auch schon im Jahr 2021 die rapide steigenden Holzpreise im Fernsehen begrüßt hat. Weil er selbst Waldbesitzer ist. Die Preise damals haben teilweise kleine Zimmereibetriebe komplett in den Ruin getrieben, Hauptprofiteur war ausschließlich der internationale Holzgroßhandel.)

Neben diesem Schreckenspost kursieren natürlich noch genügend weitere UNGEFILTERTE Aussagen. Herr Lindner sagt wohl, wir müssten jetzt alle mehr Überstunden machen, um die Wirtschaft am Laufen zu halten. Herr Habeck möchte wohl, dass wir alle etwas kürzer duschen. Und irgendjemand will, dass man die Heizungen in Mietwohnungen pauschal etwas niedriger einstellt als bisher (und dafür vielleicht Fleecedecken verteilt?).

Naja, und ich frage mich einfach nur, was zur Hölle eigentlich in den Köpfen derjenigen vorgeht, die solche Dinge ausschnittsweise, ohne weitere Zusammenhänge ins Internet stellen. Seit über zwei Jahren kann man bei jedem Schritt vor die Türe, bei jedem Gespräch mit vernünftigen (und leider auch unvernünftigen) Menschen die Anspannung spüren. Alle sind dauerhaft besorgt, jeder macht sich seine Gedanken — über die Zukunft und ob sie jemals wieder so wird wie die Vergangenheit, die wir damals gar nicht so toll fanden, die uns jetzt aber wahrlich paradiesisch erscheint. Corona. Der Ukraine-Krieg. Pflegenotstand. Brennende Weizenfelder. Ein Afghanistan-Abzug mit Menschen, die sich an startende Flugzeuge klammern. Hunderte Tote im Mittelmeer. Völlig ausgedörrte Landstriche und bis zum Dachfirst überschwemmte Häuser. All das sitzt so vielen immer und ständig passiv im Nacken.

Und dann frage ich mich doch noch mehr, was in Menschen vorgeht, die auf eine solche Basis, auf einen solchen Nährboden Aussagen wie die obig zitierten einfach UNGEFILTERT und UNBELEGT streuen wie andere die Aussaat für die nächste Ernte. Nur, was erntet man denn mit solchen Sätzen?

Wissen wir nicht alle, wozu die Angst vor Krieg, die Angst vor Armut und die allgemeine Unzufriedenheit führen? Dass das erschaffen gemeinsamer „Feinde" („Grüne-Ideologen", „Der Russe", „Der Flüchtling", „Die Pandemieverschwörung") in Kombination mit einer Inflation („Ehrliche Arbeit lohnt sich nicht mehr", „Die Flüchtlinge kriegen alles nachgeworfen, und ich kann trotz 40-Stunden-Woche nicht mal in den Urlaub fahren") immer die gleichen Folgen hat? Diese Folge konnten wir in den 20ern des letzten Jahrhunderts schon beobachten – wollen wir sie in den 20ern dieses Jahrhunderts wieder finden?

All das hat immer ein Erstarken der radikalen Rechten zur Folge. Immer, immer, immer treibt vor allem Angst diejenigen, die nicht (politisch und wertemäßig) gefestigt mit beiden Beinen auf dem Boden stehen, in die Arme der Radikalen. In die Arme derer, die eine Besserung versprechen, wenn wir nur alle wieder ein wenig mehr auf uns Deutsche schauen. Und dann noch ein wenig mehr und dann noch ein wenig mehr. Und dann noch viel mehr, weil „die Anderen", außerhalb dieser Blase ganz, ganz schlimm sind.

Die obig zitierten UNGEFILTERTEN Aussagen treffen auf ungefestigte Menschen, welche sich nicht um Quellen und Nachweise bemühen. Welche vielleicht die Kernaussage in dem Moment gar nicht erfassen, denen ein Satz jedoch eventuell im Gedächtnis bleibt, weil Angst sich immer gut erinnert. Und ein einziger weiterer Satz kann das Fass der Angst zum Überlaufen bringen und die Entscheidung festigen, dass dem 80-jährigen

Nachbarn künftig nicht mehr beim Holzhacken geholfen wird, weil man ja selbst vielleicht im nächsten Winter erfriert. Dass man nochmal vier Packungen Mehl kauft und sie für den „schlechtesten Fall" hortet. Dass man mit den neu Zugezogenen lieber nicht viel spricht – weil im Ernstfall sich jeder selbst der Nächste ist und das leichter geht, wenn man keine Freunde hat. Dass man den faktenbasierten Medien plötzlich Lügen nachsagt, weil sie das Angstbild zerreißen und beschwichtigen. Dass man jemandem, der einem die Lage ruhig und besonnen erklären will, nicht mehr zuhört. Dass man im nächsten Schritt nicht nur nicht mehr zuhört, sondern handgreiflich wird, panikgesteuert. Dass man doch mal zu dieser „Demo" geht. Und dass auf diesen „Demos" die Rechtsradikalen die Ungefestigten pflücken können wie überreife Äpfel von den Bäumen, einfach nur, indem sie diese UNGEFILTERTEN Aussagen auffangen, mit weiteren Angstnägeln spicken und wie einen Boomerang zurückschießen. Was bleibt, ist Angst, Angst, Angst. Und die ist immer der schlechteste Ratgeber. Was nicht mehr bleibt, sind rationales Denken, Argumente und Besonnenheit. Kluge Gedanken, praktikable Lösungsvorschläge, ein Miteinander und Füreinander, Liebe und Hilfsbereitschaft. Was immer die besten Ratgeber wären.

Was denn nun, Herr Söder?

Wer wollen Sie denn nun sein? Oder besser WAS wollen Sie denn nun sein?

Grünfortschrittliche Technik, Bäume umarmen, süße Hundewelpen und Salat auf dem Teller?
Oder lieber Bierzelt, den Maßkrug in der Hand, das halbe Hendl auf dem Tisch und die alte „Bayern finanziert doch sowieso ganz Deutschland"-Keule?

Heute ist es wieder mal ganz klar, heute hängen wir wieder in Richtung Tradition, Lederhose, halbes Hendl und vor allem: gekonntes Aufhetzen.

„Wir wollen Polizisten auf der Straße, aber keine Sprachpolizei im Bierzelt. Wokeness ist illiberales Spießertum. Wir stehen für Freiheit und die bayerische Liberalitas Bavariae. Jeder soll sich anziehen, essen und reden, wie er will."
(Instagram-Post von Markus Söder am 21. September 2022)

Hört, hört! Die Revolution ist ausgerufen! Es darf ab heute jeder anziehen, essen, was er und reden, wie er will.
Bitte, was? Na, hoppla. Das ist ja gar keine Neuerfindung! Willkommen im Grundgesetz! Scheinbar hatte die Post Verspätung, und das erste Exemplar ist jetzt endlich in der bayerischen Staatskanzlei angekommen!

Die Diskussion um die sogenannte, aber doch nicht existente Sprachpolizei ist so alt und ermüdend, es macht schon kaum mehr Spaß, das Thema aufzuziehen. Während sich Friedrich Merz am Thema „gendern" festgebissen hat wie ein Terrier an der Wade des Postboten, frage ich mich eigentlich nur noch eins: Wovon möchte der gute Mann damit bitte ablenken? Nach dem Grad der Debattenbissigkeit muss es etwas Gewaltiges sein!

Schrecklich ist es doch einfach nur, wenn führende Politikerinnen und Politiker eine (hoffentlich) neutrale Einrichtung wie die Polizei, die unverzichtbar ist für unseren Staat, für das Durchsetzen von Gerechtigkeit, für die Sicherung der Demokratie, unserer Werte und Lebensart, wenn sie diese missbrauchen zu einer Provokation wie die der „Sprachpolizei". Das Heraufbeschwören der „Sprachpolizei" soll den Menschen suggerieren, dass Dinge nicht mehr gesagt werden dürfen, dass man Dinge auf eine bestimmte Art sagen muss — und dass man es grundsätzlich nicht mehr so machen darf „wie man es halt schon immer gemacht hat". Ansonsten, genau, ansonsten kommt die Polizei — und — oje, oje! — , wer möchte schon gerne mit der Polizei zu tun haben? Darauf sind wir alle wunderbar gepolt, mit der Polizei möchte niemand etwas zu tun haben, und wenn auf die Sprache so akribisch geachtet wird, dass man die Kontrolle mit der Polizeikontrolle vergleichen darf, dann, ja DANN sind wir ja quasi schon mittendrin im kommunistischen Überwachungsstaat.

Wäre diese — man kann es wohl nicht anders sagen — absolut dämliche Wortkonstruktion nicht schon furchtbar genug. Man kreiert damit auch noch eine Phantomdebatte. Das muss man sich mal vorstellen. Wir haben eine Pandemie an der Backe, einen innereuropäischen Krieg, eine sich zuspitzende Klimakrise, Energiekrise, Inflation und wir verschwenden unsere Kräfte an PHANTOMDEBATTEN!

Wieso Phantomdebatte? Na, weil es das zugehörige Problem zu dieser Debatte nicht gibt! Niemand hat verboten, etwas zu sagen. Außer, es verstößt gegen das geltende Gesetz, ist also eine Beleidigung, ein Rufmord oder sowas in der Art. Ansonsten kann jeder und jede wild rausposaunen, was immer er oder sie möchte (und mal ehrlich, das find selbst ich manchmal echt anstrengend!). Aber wir verschwenden hier monatelang Energie darauf, dass man angeblich dieses abscheuliche „Layla-Lied" verbieten will, dass man Winnetou verbieten will, dass man nur noch Politiker*innen sagen darf und nicht mehr Politiker und was weiß ich. Nichts davon ist wahr. Es gibt kein einziges Verbot gegen diese Art von … (Musik ist jetzt vielleicht das falsche Wort). Man kommt auch nicht in Untersuchungshaft oder wird vom Blitz erschlagen, wenn man nicht gendert. Es ging bei all den Debatten immer nur darum, zu hinterfragen, ob man es nach so vielen Jahren und Jahrhunderten nicht einmal anders machen könnte. Dass man sich selbst und das Zusammenleben mal wieder hinterfragt. Und große Teile der Gesellschaft sagen gerade: „Um Gottes Willen – nein!!! Auf keinen Fall irgendwas anders machen!!!" Aber, so ist das mit jeder Veränderung. Die dauert. Über Generationen hinweg werden sich immer noch Menschen dagegen wehren, aber der

Widerspruch wird leiser. Und irgendwann haben wir uns verändert und wissen gar nicht mehr, wie das früher einmal sein konnte, dass man immer nur von den Männern gesprochen hat.

Aber wissen Sie, was noch viel schlimmer ist, als die Tatsache, dass Phantomdebatten geführt werden? Die Tatsache, dass Phantomdebatten gezielt geführt werden. Wie ein Dompteur kann man Menschen mit Phantomdebatten in bestimmte Richtungen lenken, man kann polarisieren und Stimmungen kreieren. Und das ist ziemlich widerlich. Es ist verantwortungslos, weil man mit solchen Diskussionen gerade Menschen erwischt, die sich WIRKLICH darum sorgen, ob sie die Heizkosten noch bezahlen können, die sich WIRKLICH darüber Gedanken machen, wie es die nächsten Jahre weitergeht. Diese Menschen sind verunsichert und stehen gerade einfach nicht mehr so stabil mit beiden Beinen auf dem Boden ihrer grundsätzlichen Überzeugungen. Sie hängen in der Luft — und all die Phantomdebatten-Kreierer, die pflücken sie sich einfach wie reife Äpfel von den Bäumen.

Und das ist richtig, richtig widerlich.

Stärke zeigen

Passend zu unserem Digitalisierungslevel, beschäftigt sich das deutsche Verteidigungsministerium gerade zusätzlich mit einer toten Sprache.

„Suum cuique" ist der Ausdruck, um den es geht, und er bedeutet, kurzgefasst: „Jedem das Seine". Na huch? Jedem das Seine? Kennen wir doch. Richtig. Die allermeisten haben sicherlich schon mal ein Foto von diesem Schriftzug gesehen – angebracht am Eingang des Konzentrationslagers Buchenwald. Dort, wo in Dachau „Arbeit macht frei" zu lesen war, demütigte, erniedrigte und entwürdigte in Buchenwald der Spruch „Jedem das Seine" die Gefangenen im Konzentrationslager zusätzlich zu den unvorstellbaren körperlichen Qualen.

Nun geht es bei der Arbeit des Verteidigungsministeriums nicht um das Konzentrationslager Buchenwald. Oder doch, vielleicht ein bisschen. Es geht vorrangig um die Kritik des Antisemitismusbeauftragten Felix Klein. Der hat nämlich festgestellt, dass die Feldjäger der Bundeswehr den Spruch „suum cuique" noch als Abzeichen regelmäßig, z. B. am Barrett, mit sich herumtragen. Huch. Über diese Sinnhaftigkeit kann man im Jahr 2022 tatsächlich schon mal sprechen, ja. Nun möchte man doch meinen, es gäbe bei der Bundeswehr und dem Verteidigungsministerium einen Aufschrei, man bemerkt den Fehler und sagt Dinge wie „Wir entschuldigen uns bei ALLEN, das war eine richtig MIESE Aktion und wir ändern das natürlich sofort".

Ja, so ähnlich klang das tatsächlich nach dem abschließenden Bericht des Ministeriums, in dem nämlich steht, dass es sich bei „suum cuique" um einen aus der Antike überlieferten Rechtsgrundsatz handele, „jedem das ihm Zustehende zu gewähren". In diesem Sinne von Gerechtigkeit hebe das Motto auf das persönliche Verdienst des Ausgezeichneten ab („Jedem nach seinem Verdienst").

Okay, stopp, das klingt jetzt doch gar nicht so nach Irrtum, Fehler und Entschuldigung?

Weiter sagt ein Ministeriumssprecher, dass man keine Veranlassung sehe, dieses wertegebundene Identitätssymbol vom Truppengattungsabzeichen der Feldjägertruppe entfernen zu lassen.

Okay, stopp, das klingt jetzt immer noch gar nicht so nach Irrtum, Fehler und Entschuldigung?

Aber gut, vielleicht bin ich da ja im Irrtum und engstirnig. Ich meine, klar, wenn das in der ANTIKE gut und wichtig war … Die Antike ist immerhin erst 2000 Jahre her – wie komme ich engstirniger Dummkopf bitte darauf, einen Spruch, den die Bundeswehr im Jahr 2022 trägt, mit etwas zu messen, das schon annähernd 80 Jahre her ist! Ich meine, 80 Jahre — da ist die Antike ja quasi erst gestern gewesen! Wie komme ich engstirniger Dummkopf überhaupt darauf, dass wir uns darüber Gedanken machen sollten, dass die Bundeswehr die Folgeorganisation nach außen hin ist, die erste deutsche, militärische Organisation NACH DERJENIGEN, die im Zweiten Weltkrieg gekämpft hat? Zusammenhänge erkennbar? Natürlich nicht.

Und überhaupt. Laut Aussage des Ministeriumssprechers ist es immerhin ein „wertegebundenes Identitätssymbol", über das ich hier schimpfe. Zum Mitschreiben: ein wertegebundenes Identitätssymbol. Mit welchen Werten identifiziert man sich denn hier? Gerade WENN man sich mit einem Satz, einer Aussprache, einem Ausdruck identifiziert, sollte man sich doch tausend Mal am Tag rückversichern, dass dieser Satz noch dafür steht, womit man sich identifizieren möchte. Mag sein, dass der Ausspruch einmal ein Symbol für überragende Gerechtigkeit war. Schön! Genauso ist es aber möglich, dass er das nach einem klitzekleinen Geschichtseinschnitt (der sich ZWEITER WELTKRIEG nennt) nicht mehr ist. Es ist völlig absurd, gerade aus deutscher Sicht, an Dingen festzuhalten, die vielleicht einmal für etwas Gutes standen, aber eben in jüngerer Zeit durch den Nationalsozialismus für andere Zwecke missbraucht wurden. Wir schwenken hier doch auch keine Hakenkreuzfahnen mehr! Mag sein, dass die Bedeutung früher hier — oder auch in anderen Kulturen jetzt immer noch — eine andere ist. Aber FÜR UNS ist sie eine durchaus schlechte!

In Zeiten, in denen der Faschismus in Europa wieder regiert, in denen der Nationalismus in vielen Ländern wieder salonfähig wird und die Basis für nationale Regierungen, Hetzer und Angstmacher über Inflation, Wirtschaftskrise, Energiekrise und Kriege niemals besser war – genau in solchen Zeiten müssen Zeichen für eine kritische Auseinandersetzung mit der eigenen Vergangenheit und den eigenen Fehlern gesetzt werden. Nie könnten wir mehr Stärke zeigen. Und nie kam es mehr auf diese Stärke an.

Pferd gegen Auto – hetzende Politikgrüße

Zylinder und weiße Handschuhe oder doch lieber Helm und bunte Holzstangen? Was für viele erstmal unanständig klingt, ist für ungefähr 2,3 Millionen Menschen in Deutschland eine klare Definition: Reitsport. Natürlich kann man den jetzt nicht nur auf die weiß behandschuhten Dressurreiter*innen und die behelmten Springreiter*innen begrenzen, aber die sind vermutlich die bekanntesten Vertreter*innen.

Natürlich sind diese Vierbeiner noch für viele andere Sachen gut – Kutschfahrten, Waldarbeit, Querfeldeinritte, Hufschmidarbeitsplätze, Tierarztrechnungen, … ABER neuerdings eignen sie sich auch für größeres! Jawohl, das Pferd wird die deutsche Regierung stürzen – einfach nur, indem es in politischen Instagram-Posts für absurde Vergleiche herhalten muss.

„… Kaiser Wilhelm soll gesagt haben: ‚Das Auto ist nur eine vorübergehende Erscheinung. Ich setze aufs Pferd.‘ Wenn die Berliner Politik mit Verbot des Verbrennungsmotors etc. so weitermacht, könnte er noch Recht bekommen … PFERDESCHAU beim Reit- und Fahrverein in Zwiesel. Der jahrtausendealte treue Begleiter des Menschen, das Pferd, in voller Aktion. Danke allen Pferdehaltern, Ihr seid Artenschützer! …“
(Instagram-Post von Hubert Aiwanger vom 13. August 2022)

Zuerst einmal: Wenn die Pferde auf den zugehörigen Bildern alle Jahrtausende alt sind --> unbedingt für die

Zucht verwenden, sowas ist bisher einzigartig und sicherlich gefragt!

Zweitens: Pferdehaltung als Artenschutz zu bezeichnen, ist ja schon ein wenig … gewagt? Der Duden sagt, Artenschutz bedeutet „Schutz für vom Aussterben bedrohte Tier- und Pflanzenarten durch bestimmte [behördliche] Maßnahmen". Ich persönlich kenne jetzt keine Hauspferderasse, die vom Aussterben bedroht ist, und bisher hat mir auch keine behördliche Maßnahme bei der Tierarztrechnung unter die Arme gegriffen. Aber gut, wenn jemand Jahrtausende alte Pferde hat, ist die Sachlage eventuell anders.

Drittens: Würde das Pferd wieder an die Stelle des Autos rücken (was die verzogenen Gäule heutzutage nach zwei Minuten mit einer Showeinlage à la ‚sterbender Schwan' kommentieren würden), würde man auch die Pferde sicherlich bald verbieten. Laut einem Artikel der Süddeutschen Zeitung aus dem Jahr 2019 verursacht die Haltung eines Pferdes „… eine ebenso große jährliche Umweltbelastung wie eine 21.500 Kilometer lange Autobahnfahrt." Also. Pferde verbieten.

Viel interessanter als das Thema mit den Hobbyhottehüs ist jedoch das Gehetze gegen die „Berliner Politik". (Ist das sowas wie ein Berliner Verbau? Vorsicht, Bauwitz!) Wollen die jetzt EINFACH SO aus dem Nichts heraus Verbrenner verbieten? Na, was für eine Farce! Wo kommt die Eingebung denn her? Kaum diskutiert man 40 Jahre über drohende Umweltkatastrophen durch den menschengemachten Klimawandel, da möchte man auch schon mir Nichts, dir Nichts Verbrennungsmotoren abschaffen. Das ist ja wohl die Höhe!

Lieber da mal ein bisschen hetzen (Stimmenfang in der rechts-konservativen Ecke ist doch immer noch eine leichte Übung), als sich darüber Gedanken zu machen, WIESO uns eigentlich gerade der trockene Wald unter dem Arsch weg brennt und gleichzeitig andere Gebiete vor einer drohenden Flut evakuiert werden — WENN sie denn rechtzeitig evakuiert werden können. War das vielleicht …, ganz vielleicht eine Sache der letzten Jahre und Jahrzehnte, also vielleicht auch eine Sache der letzten Generationen, dass man völlig tatenlos jegliche Warnung ignoriert hat? Irgendjemand wird sich dann schon drum kümmern. Nur, jetzt ist es dann doch zu spät fürs „kümmern". Jahrelange Tatenlosigkeit schlägt sich nieder in einer Situation, in der man nur noch REAGIEREN, statt AGIEREN kann. Man kann Waldbrände nur noch löschen, sie aber kaum noch verhindern. Man kann mit Wellen von Geflüchteten aus mittlerweile unbewohnbaren Gebieten nur noch umgehen, sie aber nicht mehr verhindern. Man kann noch Rettungsboote benutzen, aber das Wasser nicht mehr zurückdrängen. Oder, man kann weiter seine Zeit verschwenden mit hetzen.

Ganz viel Meinung

Erinnern Sie sich noch an Ihre Schulzeit? Uuuh, schwierig, gell? Manche schauen da immer direkt betroffen auf den Boden, andere lächeln ein bisschen, und irgendwie haben wir meistens doch ein wenig gemischte Gefühle dabei. Schöne und nicht so schöne Zeiten. Viel lernen, sich viel plagen — und oft hatten wir doch das furchtbare Gefühl, dass das gerade eine völlig sinnlose Lektion ist, die man hier lernt.

Richtig diskutieren zum Beispiel. Trockene Ewigkeitsunterrichtseinheiten haben wir damit verbracht, erklärt zu bekommen, wie man richtig diskutiert, sinnvolle Debatten führt und in Gruppen dann auch zu Ergebnissen kommt. Das fanden wir alle totlangweilig. Weil — meine Güte — was kann daran schon so schwer sein? Man sagt, was man meint, der andere macht das auch, und dann wird man sich schon einigen. Die Erwachsenen können das ja scheinbar, dann wird man das schon auch hinkriegen.

Naja. Die Erwachsenen …, die haben da scheinbar ein bisschen was verlernt. Da wäre zum einen die Regel, dass man verschiedene Debatten nicht mischen sollte. Sonst wird's schnell unübersichtlich. Und was lesen dann meine Äuglein heute über die nächsten Themen bei „maischberger"?

„Die Ampel streitet über die Lieferung deutscher Kampfpanzer an die Ukraine. Gleichzeitig sorgen sich viele Menschen und Unternehmen vor einer

Energieknappheit im Winter. Sollte Deutschland nun Kampfpanzer in die Ukraine schicken? Wie weiter mit den Sanktionen gegen Russland?"

WOW-WOW-WOW-STOP!

Das sind lässig drei gewichtige Fragen, von welchen jede Einzelne, genau beleuchtet, mindestens zwei Abende füllt. Mindestens! Erstens: Soll Deutschland Waffen liefern? Zweitens: die Sorgen um eine Energieknappheit, drittens: Wie weiter mit den Sanktionen gegen Russland? Während ALLE DREI Fragen in ihren Antworten kaum zu greifen sind, macht man mit der zweiten Frage ZUSÄTZLICH einen noch viel größeren Fehler. Die explizit aufgeführten „Sorgen" emotionalisieren die Debatten. (Und zwar hauptsächlich die Debatten, die TAGE VOR DER SENDUNG im Internet geführt werden.) Wir erinnern uns? Schulzeit? „Richtiges Streiten immer ohne Emotion." Danke für nichts, liebes Bildungssystem!

Und wer jetzt denkt — puh, mit der Thematik, DIE maischberger-Sendung wird aber sicherlich recht anstrengend und aufwühlend. Der hat den besten Teil der Ankündigung ja noch gar nicht gelesen. Als führende Ukraine-Expertin hat man Frau Alice Weidel eingeladen. Bereits aus ihrer Parteizugehörigkeit kann man ja wunderbar herauslesen, dass sie niiiiiiiemals emotionalisierte Debatten, Unsicherheiten und Ängste ausnutzen würde, um eigene Ziele zu erreichen. Die friedliebende Frau Weidel, aus der noch viel friedliebenderen AfD, deren sogenannter „Flügel" von einem ehemaligen

Geschichtslehrer angeführt wird, den man laut Gerichtsurteil offiziell Faschist nennen darf. Die friedliebende Frau Weidel, aus der noch viel friedliebenderen AfD, die mit Alexander Gauland und seinen bekannten Aussprüchen vom „Vogelschiss in der deutschen Geschichte" und dem „Wir werden sie jagen"-Zitat ja auf gar keinen Fall in Verdacht geraten kann, gerne zu hetzen.

Genau diese Person darf nun zum Thema „Waffenlieferungen in die Ukraine" ihr Wissen beitragen. Oder – geht es gar nicht darum, dass sie Wissen beiträgt? Geht es viel eher um ihre Meinung? Und Meinung und Wissen, das sind ja ganz oft ganz verschiedene Dinge.

Man kann zum Beispiel MEINEN, dass es eine gute Idee ist, wenn man auch Vertreter der rechtsradikalen Szene in Talkshows von öffentlich-rechtlichen Sendern einlädt (die diese übrigens bei Regierungsantritt SOFORT abschaffen würden, warum fragt man die da nicht mal direkt in der Sendung danach?). Man kann aber auch WISSEN, dass aktuell schon äußerst viele Risikofaktoren für eine erstarkende Rechte vorhanden sind. Eine Kombination aus einer Inflation und ganz, ganz viel Angst vor Arbeitsplatzverlust, sinkendem Wohlstand, der unsicheren Energieversorgungslage im Winter, einem europäischen Krieg mit ungewissem Ausgang, die immer deutlicher werdenden Folgen der Klimakrise, Fluchtbewegungen auf dem Kontinent und zwischen den Kontinenten, polarisierende Regierungen mit gut funktionierender und durchdachter Propaganda, die noch nicht überstandene Pandemie, UND, und, und … Da KÖNNTE man doch (ich mein ja nur ganz vorsichtig) vielleicht auf die Idee kommen und WISSEN, dass die gehetzte, überhaupt nicht durch fachliche Kompetenz zu begründende MEINUNG einer RECHTSRADIKALEN Politikerin vielleicht NICHT unbedingt DAS ist, was man einfach so ungefiltert senden muss.

Man kann dann weiterhin natürlich MEINEN, dass ja jede MEINUNG im öffentlichen Fernsehen (ich wiederhole, dass es dieses nicht mehr geben würde, sobald Frau Weidel die Regierungsmacht hätte) vertreten sein muss. Wegen der Gleichberechtigung und so. Und es macht mich unendlich MÜDE, dass man genau diese Diskussion nun auch wieder führen wird, obwohl sie doch schon so oft totgeführt wurde. Erstens: Nein, man muss nicht Menschen die Vorteile eines Systems auf dem Silbertablett servieren, die genau dieses freiheitliche System mit den ihnen dort zur Verfügung stehenden Freiheiten abschaffen und in ein nicht freiheitliches System verwandeln wollen. Das dümmste Schwein sucht sich selbst den Metzger.

Zweitens: Das False Balance-System. Bereits im Juni 2021 großartig dargestellt von Andre Wolf auf der Seite von Mimikama (mimikama.at), unter dem Titel „False Balance: Warum Einzelmeinungen in der Öffentlichkeit zu viel Raum bekommen können". Die Grafik beschreibt so gut, wie Mehrheiten falsch dargestellt werden, wenn überall eine gleiche Anzahl an Vertreter*innen sitzt. Wenn also jetzt 12 Prozent in Deutschland der Meinung wären, wir müssten die Demokratie abschaffen, und der Rest — also 88 Prozent — wäre nicht dieser

Meinung, dann bilden wir das entscheidende Gremium doch nicht aus EINER Vertreterin der Befürworter und EINER Vertreterin der Gegner. Oder? Bei den derzeitigen Mehrheitsverhältnissen müsste man also erstmal sehr viiiiiele Maischberger-Sendungen machen, bevor überhaupt einmal die Notwendigkeit herrscht, jemanden aus den rechten Kreisen einzuladen. Und dann müsste diese Person — um die False Balance in eine Right Balance zu verwandeln — in einem grooooßen Kreis NICHT-demokratiefeindlicher Personen sitzen. Was natürlich niemals der Fall sein wird.

Wie immer wird der Kreis der Diskutierenden bunt gemischt sein, aus Politikern, Comedians, Personen des öffentlichen Lebens und so weiter und so fort.

Und das wäre alles furchtbar nett und unterhaltsam. Und das wäre mir alles auch sowas von dermaßen egal. Wenn es nicht darum ginge, dass wir in einer furchtbar angespannten Zeit immer und immer wieder dieselben Fehler machen. Dass wir ein großes rechtsradikales Problem seit Jahrzehnten konsequent verdrängen, verharmlosen und nicht sehen wollen, wie es wächst und wächst. Es wird größer, ungreifbarer und unkontrollierbarer — Hetze lässt sich nicht mehr greifen, die Hasswellen, Shitstorms und Drohungen im Internet sind zu schnell für uns. Da kommen keine Leserbriefe in der örtlichen Tageszeitung. Das sind kurzfristig organisierte Massen, jeder User mit zig falschen Accounts, die wie wild und völlig unkontrolliert losschießen, sobald einer das Zeichen gibt. Die bereit sind, von der digitalen zur echten Gewalt zu wechseln, sobald jemand das Zeichen gibt, viele Tote und wenig Aufklärung sind der Beweis dafür.

Es ist also keine „nette Unterhaltung", wenn man eine Alice Weidel zu einem solchen Thema in eine Talkshow einlädt. Es ist auch keine Form von Meinungsfreiheit oder der Darstellung irgendeiner Verhältnismäßigkeit.

Das ist es alles nicht. Was ist es dann? Diese Frage muss man stellen, an die Verantwortlichen, an die Durchführenden. Welches Ziel verfolgt man, wenn man eine Plattform schafft für Menschen, die genau diese Plattform ganz schnell loswerden wollen?

Und die Moral von der Geschicht …

Gesprächsrunden und Diskussionen. Auch so ein aufge-
blasenes Ding. In manchen Gegenden wird halt gesprochen. Woanders bildet man eine Gesprächsrunde —
vorzugsweise auf einer Bühne und mit Moderator. Super gerne einer mit so richtigen Moderationskarten —
wenn Geld da ist, ist da hinten sogar ein Teil des Veran-
staltungsplakates drauf gedruckt (nicht geklebt wie früher im Schultheater!).

Eben dieser Moderator stellt die Gäste vor (ein guter
braucht zumindest dafür die Karten dann noch nicht),
und los geht's! Dann wird munter drauf los gesprächs-
rundet. Und am allerallerschönsten ist das anzu-
schauen, wenn die ganze Veranstaltung inklusive Publikum nach außen hin zeigt „Wir sind die Guten, wir sind
auf der richtigen Seite". Sehr fein, dann gibt es da nämlich immer eine wahnsinnige Gesprächskultur, man
lässt den anderen ausreden, man fällt sich nicht ins
Wort und wenn das doch einer tut, wird der mit einem
tadelnden Blick bedacht. Auf gar keinen Fall wird jemand zurechtgewiesen — Himmel! —, wir sind doch die
Guten! Wir sind so verständnisvoll, ruhig und klug, wir
haben keine Wut in uns, mit der wir jemanden zurecht-
weisen würden. Wir tadeln mit Blicken, aus denen die
Weisheit spricht! Wir verstehen uns schließlich. Wir
sind besser drauf als der moralisch verwerfliche Pöbel
außerhalb dieses elitären Zirkels.

Noch interessanter sind solche Veranstaltungen, wenn
das Thema zusätzlich recht schwer ist. Tot, Gewalt,

Grausamkeiten. All das, besprochen mit einem Wortschatz ähnlich dem früherer Kaiser und Könige, ein regelrechter Tanz an Höflichkeiten. Und Sätze, künstlich gestreckt durch altkluges Geplänkel. Und nicht zu vergessen: Betroffenheit. Immer schön betroffen sein. Jetzt nicht, weil man was selbst schon mal erlebt hat, sondern weil man sich wahnsinnig rein fühlen kann. Rassismus? Aah, kann ich fühlen, ja. Sexismus? Oh ja, mein Gott die armen. Antisemitismus? Hilfe, ich halt's kaum aus vor Betroffenheit.

Die Stimmung wird gern vom Publikum genauso übernommen. Schließlich lauscht man hier der personifizierten, philosophierenden Richtigkeit, das saugt der Intellektuelle doch geradezu auf! Hier ein bisschen höflicher Applaus und — gaaanz, ganz wichtig — regelmäßig heftig nicken! Wir wissen, was ihr meint, wir denken hier genauso. Schließlich sind auch wir sehr klug.

Und dann? Ja, dann ist die Gesprächsrunde nach einer Stunde beendet. Ein letzter Applaus, aber nicht zu lange, wir wollen schließlich heim, denn auch kluge Leute müssen morgen wieder früh ins Büro. Und die Veränderung? Die Veränderung bleibt aus. Denn alle, die hier waren, waren doch schon der Meinung der Sprechenden. Alle, die hier waren, wussten doch schon, dass Rassismus etwas Furchtbares ist, dass man die AFD nicht wählen darf, dass Frauen oft von Männern getötet werden und dass antisemitische Straftaten in ganz Deutschland immer mehr zunehmen. Das wussten die und deshalb waren sie hier.

Was ist mit denen, die das noch nicht wussten? Rechts-radikale, Antisemiten und rechtsradikale Antisemiten? Natürlich, niemals darf diesen Menschen blind eine Bühne geboten werden, auf der sie ihre Parolen verbreiten können. Jedoch – ist das Ausschließen die Lösung? Eben dieses Abschotten, vor dem der elitäre Zirkel doch immer warnt, wenn es um Minderheiten geht? Ich denke nicht.

Wer die gegnerischen Gruppen abschottet, überlässt sie sich selbst. Und natürlich ist es verrückt zu glauben, man könnte mit der Einladung zu einem Gespräch einen überzeugten Nazi nochmal umdrehen. Aber was ist mit der nächsten Generation? Kann ich seine Kinder und Enkel irgendwann noch erreichen, wenn ich mich dauernd als elitärer Kreis präsentiere, der alles besser weiß und in dem kein Platz ist für andere? Dessen Gespräche einen Bildungsgrad erfordern, den DU sowieso niemals erreichen wirst? So verhärten sich die Fronten. Die Keile, die zwischen arm, reich und brutal viel zu reich getrieben werden, sind eng gekoppelt an die Moralkeulen, die all diejenigen schon von weitem sehen, die mit der Situation bisher noch gar nichts zu tun hatten.

Wäre es denn nicht sinnvoller, anstatt mit den obligatorischen „Jetzt haben Sie zwar schon so viel gequatscht heute, aber als Abschlussstatement könnten Sie Ihre, bei uns sehr beliebte Meinung nochmal in drei andere Sätze packen"- Endungen lieber mit einer To do-Liste zu enden? Und zwar für alle, auch fürs Publikum? Du bringst morgen jemanden zum Lachen, den du nicht kennst. Du unterhältst dich morgen mit deinem FDP-

Wähler-Chef über Politik. Du schreibst diese Woche einen Brief an deinen Landtagsabgeordneten, wenn dir das nicht gefällt, was du uns gerade erzählt hast. Du sprichst endlich mit den Nachbarn, die du eigentlich für unter deiner Würde hältst. Du versuchst es mal eine Woche lang vegan. Von euch da hinten pflanzt am Samstag jeder einen Baum. Und im ganzen Saal spendet morgen jeder einen Euro an ein Hilfsprojekt. Du da hinten hilfst der Kollegin, wenn sie morgen wieder so trüb schaut, einen Therapieplatz zu finden. Und ihr da vorne fragt im Nachbarkindergarten mal, ob ihr beim Spielzeugreparieren helfen könnt. Einer kauft mal für den 90-jährigen Nachbarn ein, der andere hört einfach mal nur eine Stunde zu.

Und …

Und am Ende … Am Ende lacht jeder vielleicht einfach mal ein wenig über sich selbst.

Die Selbstlosigkeit

Totgeglaubte leben länger. Das wäre in diesem Fall wohl die allerbeste Nachricht. Jedoch, scheint sie nicht nur totgeglaubt, sie scheint ganz nahe dem Aussterben. Oder hält sie sich nur versteckt?

Auf der täglichen Suche nach ihr treffe ich auf alles Mögliche, nur nicht auf sie selbst. Ausreden, Flüchtigkeiten, Ignoranz, Traurigkeit und sogar Hass. Sie zeigt sich mir jedoch kaum mehr und auch auf Nachfrage ist die Rückmeldung eher mau.

Dabei sollte man meinen, bei so vielen Menschen, wie ich jeden Tag treffe und spreche — da muss doch was dabei sein! Wenigstens einer, wenigstens ein konstanter Prozentanteil. Aber leider oft — nichts.

Hin und wieder, ja, da trifft es einen. Da strahlt einer heraus aus der Menge und man weiß — jawohl —, sie ist nicht tot, es gibt sie noch. Die, die sie noch haben, schauen dich oft mit arg müden Augen an. Wenig geschlafen und noch schlimmer, sehr viel gedacht und getan, gerade noch wenig damit erreicht. Jedoch in den müden Augen, da kannst du es sehen, ein bisschen erkennen. Eine kleine Flamme, gerade kein loderndes Feuer, aber ein Flämmchen züngelt sich seinen Weg über ein lässiges Schmunzeln, ein bisschen Humor und der Misserfolg vergessen — weiter geht's!

Die Rede ist von der Selbstlosigkeit, die sich suchen lässt, gerade jetzt, wo alle Angst haben. Alle haben

Angst um alles, was sie besitzen, was sie haben, um alle, die sie gern haben. Aber ist das ein Grund, die Selbstlosigkeit zu opfern? Sie könnte uns alle so viel weiter bringen, würden wir das Resultat einer Arbeit nicht an dem messen, was es für uns bedeutet, sondern was es für das Ganze bedeutet, für das Getane, für das Projekt.

Warum scheuen wir es denn so sehr, selbstlos zu handeln? Vielleicht ist es uns evolutionär nicht gegeben, auf etwas zu verzichten, das wir theoretisch haben könnten? Vielleicht ist es uns evolutionär nicht gegeben, die Futterkonkurrenz vor dem Tiger zu warnen. Aber ist es uns evolutionär gegeben, in einer langen Schlange vor einer Kasse zu stehen, weil es im Baumarkt heute 20 Prozent gibt? Naja.

Selbstlos sein ist unrentabel — so glaubt man zumindest. Gewinn, Rendite und Kapital, haben wir das schon so in uns? Derweil ist selbstlos sein doch gar nicht unrentabel. Die Selbstlosigkeit bringt voran, wozu das pure Ego niemals fähig wäre. In einem Tempo, auf das sogar der Ehrgeiz stolz sein könnte. Ganz zu schweigen von der Langeweile, sie erblasst vor Neid im Angesicht der selbstlosen Tat, des einfach Tuns, des Machens um des Machens Willen.

Und doch ist es immer schwer. Allzu gerne geben wir doch dem Drang nach, dass wir immer fein raus sein wollen — und das geht doch am besten ohne Verantwortung. Ob das Haus niederbrennt, ist allen egal — es muss nur regelkonform brennen, damit keiner die Schuld trägt. Ob jemand aus dem dritten Stock fällt —

who cares? —, Hauptsache, die Brüstung war regelkonform gebaut und er ist ganz allein selber schuld. Dumm angestellt — oder auch absichtlich gesprungen, dem Rest ist das — genau — egal.

Und wenn man selbst allen immer dabei zuschaut, wie sie sich größte Mühe geben „fein raus" zu sein, auch auf lange Sicht. Na dann zieht man natürlich immer mit — möchte man denn der „Letzte" sein? Der „letzte Depp"? Himmel — nein!

Aber vielleicht ist hier der Punkt gekommen, die Sichtweise mal zu drehen. So ist jetzt noch der eine Selbstlose automatisch der Letzte, der Abgehängte. Marschieren doch alle anderen frei von Ballast voran, tanzen in Leichtigkeit und belächeln ihn da hinten. Ihn, der in beiden Armen die Taten stapelt, die noch zu tun sind, die Verantwortlichkeiten auf dem Kopf balancierend und stolpernd dem Pfad folgend, den die anderen am liebsten schon wieder zuwuchern lassen möchten.

Lasst uns doch die Marschrichtung ändern. Und helft ihm endlich tragen.